句集

冬の光

藤岡値衣
Fujioka Chie

コールサック社

序

藤岡値衣第一句集『冬の光』をお届け申し上げます。

一九六〇年生れ、六十三歳の俳人教師、藤岡値衣さんの第一句集『冬の光』の中から、十句を選びまして、鑑賞をこころみました。

徳島県生れの徳島育ち。阿波おんな値衣さんの句集はなかなか新鮮で読ませます。

プロフィールなどもご覧いただきまして、じっくりとお目通し頂ければ幸いです。

よろしくお願い申し上げます。

二〇二三年一月十五日

黒田 杏子

去年今年颪の真中に我は立つ

去りゆく年、新しい年。その新鮮な颪の只中にひとり立つ女性。いかにも値衣さんらしい句。颪の真中と言い切ったところがここちよい。知性にあふれ、決断力に恵まれた女性のしなやかなたたずまい。颪になびく豊かな黒髪。若い女性の独立宣言のようにも思われます。

なにげない言葉に慰めらるる春

その言葉は嬉しかった。その人の優しさとさりげないおもいやりに感謝しているこの自分の心を大切にしようと。一見強そうに見られる事が多い自分であるけれど、本当はいつも人の優しさを求めている弱い自分。その自分も人を励まし慰める事の出来る人にならなければと思う。春と止めたところもよかったですね。

螢の噂を聞きて眠りけり

あちこちに螢が出ているようだ。いろいろな情報が耳に入ってくる。私も螢に逢ってみたい。あのあえかな光をゆっくりこの目で追ってみたい。でも私にはいま螢狩の時間は無い。明日の仕事のために今晩もよく眠っておかなければ……。

節分や鬼かくまふか追ひ出すか

こんな発想をするところ、値衣さんらしい。鬼をかくまって、しばらく一緒に暮らすのも愉しいかも知れない。さみしがりやの鬼であれば、自分と気が合うのかも知れない。こんな風に詠まれて節分の鬼もよろこんでいるのではないでしょうか。

はたた神阿波女にはかなふまい

びっくりさせられた作品。ふるさと讃歌の句でしょうね。阿波女である値衣さんの想いとプライドがここに爆発したとみてもいいでしょう。寂聴さんに見て頂きたかった句でもあります。「いいわねえ。よくぞ言ってくれました」とおっしゃられたのでは。ともかく一巻の句の中でとりわけ印象深い一行でありました。

祇園会の始まる京にゐて一人

さらりと詠み上げられていますが、旅愁と孤愁の深く出た秀吟。祇園会の始まる京にゐて一人。過不足のない表現力に感心致しました。自分をみつめ、自分を詠み上げる事はなかなかにむつかしいもの。この句は残りますね。

赤い靴はいて踊らう十三夜

フラメンコを習っておられる値衣さん。誰でも詠める句ではありません。十三夜がいいですね。全身で詠み上げられた実感あふれる句の存在感。この人の人生はこののちいよいよ佳境に。

冬に入る古書街だれも振り向かず

東京に来られ、神保町を歩かれたのでしょう。この町の感じがよく出ています。私はこの町のほとりにある会社に定年まで居りました。ともかく大好きな町。「藍生」の事務所も神保町にあります。

月の名を子らに教へる五時間目

これも実に愉しい句。俳人教師である値衣さんの面目躍如。「お月様にはね、こんなにいろいろと呼び名があるんですよ…。」生徒さん達を、〈子ら〉と書かれたところ、実にいいですね。その教室の雰囲気が伝わってきます。

冬薔薇風に吹かれつつ生きる

冬の薔薇に自身のあり方をしずかに重ねて詠みあげた一句。この花の色は真紅なのではないでしょうか。藤岡値衣という女性俳人にずっと共感を抱いてまいりました私ですが、この句に出合ってその想いをあらたに致しました。

句集　冬の光　目次

序　黒田杏子

Ⅰ　光満つ　11

Ⅱ　山桜　33

Ⅲ　胸の振子　65

Ⅳ　蕎麦の花　91

Ⅴ　秋遍路　113

Ⅵ　白牡丹　137

あとがき　174

初句索引　176

季語索引　182

句集　冬の光

Ⅰ　光満つ

一九九一〜一九九五年

四〇句

去年今年風の真中に我は立つ
初日の出雲にあづけるまでの刻

左義長の火の色明けの空の色
音もなき冬青空に背を正す

冬薔薇のいさぎよきまま手折らるる
えんぴつを持つ手に残る寒さかな

補習終へたる子らの横顔日脚伸ぶ

もの思ふ刻ふくらみて春の雨

さくらさくら思ひ出たづねる坂道に

地震のあと桜の行方思ひけり

花衣誰に見せたきこともなく
なにげない言葉に慰めらるる春

母娘ゆゑわからぬことも春の月

入学の子らのまなざしまつすぐと

阿波鳴門青水無月の俳句会

梅雨もまた吾にやさしと思ふとき

螢の噂を聞きて眠りけり

衣更へて学舎どこも光満つ

衣更へて三つ編似合ふ少女なる
つゆくさやサファイア色のおとしもの

その胸の奥には触れずソーダ水
遠花火こころ離れてゆくときに

原爆忌あらためて見る地図アジア

それぞれの半世紀なり原爆忌

教室に通草を知らぬ子らつどふ
君もまた花野をわたる風のごと

なじまない口紅の色十三夜
思ひきりアクセル踏んで月の前

月光の学舎足音高くゆく

一人きりちよつとくやしい小春かな

しぐるるやボレロの中に眠り落つ

これからの別れを思ふ冬紅葉

山茶花や問はれて答へられぬまま
とりどりのボタンのごとし冬薔薇

極月や子らの顔のみ輝きて

風邪の子のまなざしふはり受けとめて

目かくしの手の冷たさよ小雪舞ふ

極月の黒板きりり拭かれけり

どれほどの言葉聖夜に隠されて
年の瀬の街に逢ふ子の大人びて

Ⅱ　山桜

一九九六〜一九九九年

六〇句

初茜空海天地人のこゑ

読始瀬戸内源氏と決めにけり

冬薔薇ときの扉の開くごと
美しき言の葉ひらふ雪の夜

ひとひらの風花となり消えたき日
冬の日を斜めに受けて採点す

節分や鬼かくまふか追ひ出すか

紅梅や蘂まで紅の一途さと

二月尽ひとりジャズなど聴いてゐる

色街を抜けたる寺の椿かな

春浅き廊下少女は足早に
雛の眼涙こぼせるものならば

阿波の竹回廊走る修二会かな

山桜こころあづけてゆけと言ふ

佇めば花の精ともなりたまふ
ゆふざくらわれにやさしきひかりかな

ひとびとに花降る女人高野かな

桜散る心ほどいていくやうに

春惜しむ図書室の窓開け放ち

緋牡丹のまつすぐ我を見てをりぬ

願ひごとなきは幸せ桐の花

若葉萌ゆ天狗になつてをるまいか

ほうたるの夢の奥までふぶきけり

螢に呼ばれて来たる人ばかり

あぢさゐの色づくまでの静けさよ

梅雨遍路ひとりの時を愛すべし

渓谷のでで虫人の上を行き
プールより歓声のぼりきて真昼

日焼けした腕君だけのトロフィーに
その昔父も恋せり心太

予感てふ厄介なもの水中花
胸さわぎ祭囃子に閉ぢこめて

所詮ひとり蟬時雨など浴びてゐる

恋仇ゐるかも知れず大花火

おとなびた瞳をして踊る阿波の夜

いくたびの平和宣言原爆忌

朝顔の咲き継ぐやうに生きてゆく

曼珠沙華夢に一人の僧と会ひ

秋桜やさしき男街に増え

忘るなと我忘るなと秋の蟬

思ひ出を捨つる旅なり葛の花

こころまで打たせてをりぬ秋の雨

秋光やゆだねて髪もくちびるも
いにしへの恋のかたみのダチュラかな

秋へんろ過去も未来も連れてゆく

ひとつ捨て一つあきらめ秋遍路

三日月のかりんととがつて知らん顔

名月や人はかなしみ抱きしめて

弔ひて花野の風に吹かれけり

花芙蓉そのひとことを悔ゆるなり

菊日和けふは喧嘩をせぬやうに
君がゐてそれでよしとす衣被

一冊の本もてあます夜長かな

冬うらら一人も捨てたもんぢやない

落葉踏む少女はひとり吾もひとり
泣かされてなほ君愛す冬紅葉

初雪や街は昔のいろとなり
この胸の根雪となりし人のこと

雪うさぎ昨日の私おいていく
注連飾る弟の背の広々と

Ⅲ　胸の振子

二〇〇〇〜二〇〇四年

四八句

教へ子に囲まれてゐる三日かな

道草をして帰らうか雪催

さみしき瞳誰かと同じ雪だるま
蕗のたう空はこんなにあをきもの

鞦韆や夢に追ひつくところまで

今どきの子らといへども卒業歌

チューリップちゆうりつぷ笑ひ疲れけり

日本語といふ宝物鳥帰る

空のあを雪割桜海の蒼

花衣脱ぐや一教師となりぬ

巡礼にまぶしき牡丹桜かな

夜桜や悪女になれるやも知れぬ

人の世も亡き人の世も桜かな

山桜汝も巡礼かも知れぬ

ちちははに優しくなれず花の雨

花菖蒲よあけのいろをまとひけり

しょぼくれた男の前を夏燕

こんなにも無心になれる燕の子

ほうたるや哀しきことは捨つるほど

六月の喜怒哀楽やメロンパン

みなづきの阿修羅に呼ばれきたる旅
思ひきり泣いてしまへば涼しかり

はたた神阿波女にはかなふまい

妻となり母となりゆく藍浴衣

ざくざくと海の男の夏料理

流燈の岸を離れず我も離れず

元気勇気子らよりもらふ厄日かな

黍畑平和を当たり前と生き

水鳥や逆らはずまた流されず

一瞬の名月生きるといふことは

我が心我のものなる良夜かな

何事もなかつたやうに秋刀魚焼く

原点に戻るときなり鰯雲

昼の月ここにわたしはゐるけれど

仙人の妻になりたし竹の春

蟷螂の斧かなしみを斬るために

吾亦紅つぶやきはみな風となり

天高しお大師さまの飛白文字

冬隣けふ一日を素顔にて
ぬくめ酒夢のしつぽの残りたる

初しぐれ胸の振子を確かむる
泣き方を教へてもらふ冬紅葉

こなごなに枯葉わたくし壊すごと
冬木の芽われにも明日を約束す

榾の火のこゑ遺言と聴きにけり

なにもかも許されてゆく囲炉裏かな

綿虫や今ここにゐぬ人のこと

初雪の町に翼をたたみけり

Ⅳ　蕎麦の花

二〇〇五〜二〇一四年

四〇句

初稽古叱らるることありがたく

前髪に風花のせて登校す

立春や鉛筆の芯やはらかく

句会には歩いてゆかむ春の雪

笑ふこと母に増えたり春障子

桃の花阿波の言葉のやはらかき

紫木蓮かなしきことは空に告げ
てふてふや小さくはなきその世界

子らの声子らの足音山笑ふ

この島に生きし歳月豆の花

入学の子らそれぞれの光もち
だいぢやうぶ大丈夫だよ山笑ふ

悼　浜崎浜子さん

新樹光浴びて柩の送らるる

ふるさとは村から町へ田水張る

螢や一期一会を重ねつつ

退職の友より手紙あんずジャム

夏服の子ら一心に墨をすり

昼寝覚夢のひとつを連れ帰る

一山の祈りとなりし蟬時雨

生きてゐるそれだけでよし盆の月

新米や足るといふことありがたく

人間になりたくはない案山子かな

ていねいに暮らしてゆかむ蕎麦の花

語り合ふこれからのこと萩の寺

銀杏の実ここに現在過去未来

この国を大きく変へてゆけ野分

生くること生かさるること鉦叩

誰彼に優しさ貰ふ良夜かな

小島章司氏

十六夜のフラメンコ舞ふ男かな

思ひ出をそつと取り出す夜長かな

いささかの悔いも残さず桐一葉

鰯雲少年少女反抗期

日向ぼこ心ひとつを暖めぬ

かなしめるものねむらせてしぐれけり

少女らは冬の光に語らひて
淋しいと言はぬあなたに毛糸編む

吾のために柘植の櫛買ふ師走かな

たましひの透きとほりゆく冬の月

この胸にポインセチアの緋を刻む

金剛杖冬の光の片隅に

Ⅴ 秋遍路

二〇一五～二〇一七年

元日のだるま朝日に笑ひけり

論文の仕上げにかかる三日かな

寒紅をひきいざ仮面舞踏会

老ゆることそれも楽しき冬薔薇

伝へおくことのあれこれ春の雪

七転び八起きよやがて春一番

鉛筆のやはらかき文字水温む

いにしへの男持ちたる雛かな

その雛次郎左衛門雛といひ
雛のかほそつと包みし阿波の和紙

友の肩ポンとたたいて卒業す

風光る島に一人の赤ん坊

次の世も戦なき国山桜

教へ子の明るき知らせ麦の秋

フラメンコシューズ買ひ換へ夏に入る

子ら誦す枕草子青葉風

万緑や長生きせよと母の言ふ

忘れゆくことの幸せ朴の花

母の日の母のつぶやき拾ひゆく

戦せぬこの国のこと大南風

白シャツの少年ぶつきらぼうに朝

祇園会の始まる京にゐて一人

炎昼の三月書房たどり着き

明日へ明日へつなぐ思ひや原爆忌

阿波踊終りし夜の風のいろ
次の世の約束をせむ秋の蟬

月光に許されてゐる今日のこと

十五夜の母眠らせて庭に佇つ

けふからの俳句人生伊予は秋

秋霖や戦争語る寂聴さん

花芙蓉変はらぬものはこの胸に

風に問ひ行く雲に問ひ秋遍路

赤い靴はいて踊らう十三夜

一枚の絵に会ひにゆく秋うらら

ここからが勝負よ阿波の天高し

深秋の夏井いつきと中学生

冬に入る古書街だれも振り向かず

立冬や母に購ふ木の器

巳之助といふ人形師冬もみぢ

巳之助の頭華やぐ小春かな

旅立ちの朝たしかに冬の虹

数へ日や職員室の二十二時

金剛福寺　黒田杏子献燈十二句碑

句碑献燈冬満月も祝ひけり

冬天に踏み出し扉ひらく音

Ⅵ 白牡丹

二〇一八〜二〇二一年

六八句

初雀この世たちまち輝きぬ

門松や南の島の船着き場

悼　瀬戸内敬舟さん

和顔施の一生を仕舞ふ春の星

辞令てふ一枚の紙春疾風

春の月笑ひ話になる日まで

落椿サンタマリアの足元に

帰る家待つ人のあり山桜

牛の瞳の優しきことよ島の春

山笑ふ食べて眠つて働いて

みどりの日ねむりて吾を取り戻す

薔薇園に人それぞれの一時間

風薫る寂聴さんの誕生日

いつさいの未練ふりきり薔薇崩る

夜はこの庭を舞ふらむ蛍草

朽ちてなほ四葩おのれの色をもち

初蟬や朝餉支度の手をとめて

今日の日も生きよ生きよと朝の蟬

香水の一瓶母の青春よ

ラムネ瓶透かせば遠き日の光

思ひ出のときに鮮やか遠花火

抽斗の奥の指輪や今朝の秋

朝顔の鉢分校の子らの数

街角に一陣の風阿波踊

生きるといふこと八月十五日

夜の蟬ここにわたしがゐたことを

爽やかや子らの返事もまなざしも

秋袷ちひさくなりし手を握る

粛粛と今日が始まる虫のこゑ

引き算の暮らしに慣れて水澄めり

秋霖や庭園の石いきいきと

月の名を子らに教へる五時間目

十五には十五の秋思楡木蔭

曼珠沙華大河東へ東へと

とりあへず今できること鰯雲

本堂の木の香風の香天高し

銀杏落つ今日から明日へまた明日へ

つぶ餡もこし餡もよし十三夜

種採るや祖父母ちちはは見送りて

献上の阿波の麁服《あらたへ》秋うらら

麁服の織り女七人爽やかに

木の実落つ五時間目なる憂鬱

身の裡に小石が一つ冬に入る

悼　瀬戸内寂聴先生

寂庵の白山茶花よ寂石よ

寂聴さん敬舟さんに冬紅葉

落葉焚く我が胸の火を熾さむと
幼子の笑顔のごとき小春かな

悼　中村哲さん

一隅を照らす異国の石蕗の花

極月や一つ買ひ足す江戸切子

越えゆくは鳴門海峡冬の蝶

ふいに握手師のまなざしと凍星と

戦死せし祖父の筆跡十二月

冬薔薇風に吹かれつつ生きる

逝きし母へ　十六句

かみしめるお骨一片寒椿

風花や姉弟二人となりし朝

妣の香の枕眠れぬ浅き春

大喧嘩したる思ひ出月おぼろ

雛飾る母遠き日の風のなか

葉桜や地に足つけて顔あげて

白牡丹われ妣と佇つこの朝

寂しさをしかと抱きしめ夏に入る

母をらぬ母の日妣の着物着て
いつだつて笑つてゐよう冬すみれ

七日粥ふたり暮らしにはや慣れて

梅真白あなたがそばにゐるやうな

山笑ふ妣の紬のやはらかく

花万朶ひとりで歩くお堀端

柚子湯して母と語りし日々のこと
ほんたうは大好きでした花の雨

冬の光　畢

あとがき

読むことと書くことが好きで、日本語に魅せられた私は、言葉に関わる仕事をしたいと願っていました。中学校の教員生活で何より楽しいのは、国語の授業をしているときです。子どもたちの発想や表現に刺激を受けながら、日本語の美しさや奥深さを少しでも伝えたいと教壇に立っています。

俳句に出会ったのは、三十歳を過ぎてからです。雑誌に載った黒田杏子先生の記事を読んだことがきっかけでした。大塚末子さんデザインのもんペルックを颯爽と着こなした俳人の姿とその言葉に、なぜかしら強く惹かれたのです。さっそく投句を始めた「楽句塾」では全ボツ。しかし、その後「藍生」のご案内をいただき、入会しました。そして、二年ほどのち、鳴門での句会で初めて対面でのご指導をいただき、それからの私は出不精を返上して、仕事の傍ら、あんず句会や西国吟行、遍路吟行に出かけていくようになったのです。

「あなたがたは詩人なのです。」「季語は日本語の中の宝石。」「季語の現場に

立ちなさい。」「季語に思いの丈を込めて。」等々、吟行・句会の場でいただいた杏子先生のお言葉を胸に刻んで作句に取り組み、「藍生」の先達や句友の皆様に支えられ励まされて、あっという間に三十数年が経ちました。

黒田杏子先生には、長年ご指導を賜りましたうえに、句集を上梓するにあたっては、身に余る序文をいただきました。私の俳句に対しても優しくあたたかいご高評をいただきましたこと、深く感謝申し上げます。

また、句集出版に際し、「藍生」事務局の成岡ミツ子様、コールサック社の鈴木比佐雄様、鈴木光影様に大変お世話になりました。厚く御礼を申し上げます。

冬の光は、私にとって、凛とした空気の中にほっとする時空を与えてくれるものであり、明日への希望を感じさせるものです。すでに還暦を過ぎましたが、定命は自分にはわかりません。これからも一日一日を切に生き、学び続けながら歩んでいこうと思います。

令和五年二月　白梅の蕾ふくらむ朝に

藤岡　値衣

初句索引（五十音順）

あ行

赤い靴 一三一
秋袷 一五二
秋桜 五四
秋へんろ 五七
朝顔の
――咲き継ぐやう 五三
――鉢分校の 一四九
あぢさゐの 四七
明日へ明日へ 一二六
吾のために 一一一
麁服の 一五八
阿波踊 一二七
阿波鳴門 二〇
阿波の竹 四一
生きてゐる 一〇二
生きるといふ 一五〇
戦せぬ 一二四
いくたびの 五二
生くること 一〇六
いささかの 一〇八
十六夜の 一〇七
一隅を 一六二
一枚の 一三一
銀杏の実 一〇五
いつさいの 一四五
一冊の 六一
一山の 一〇二
一瞬の 八一
いつだつて 一六九
いにしへの
――男持ちたる 一一八
――恋のかたみの 五六
今どきの 六九
色街を 三九
鰯雲 一〇八
牛の瞳の 一四二
美しき 三六
梅真白 一七〇
炎昼の 一二六
鉛筆の 一一八
えんぴつを 一五
大喧嘩 一六六
幼子の 一六一
教へ子に 六七
教へ子の 一二一
落椿 一四一
落葉焚く 一六一
落葉踏む 六二
おとなびた 五二
音もなき 一四
思ひきり
――アクセル踏んで 二六

——泣いてしまへば　七七
思ひ出の　一四八
思ひ出を
——捨つる旅なり　五五
——そつと取り出す　一〇七
母娘ゆゑ　一九
老ゆること　一一六

か行

帰る家　一四二
風花や　一六五
風薫る　一四四
風に問ひ　一三〇
風邪の子の　一三〇
風光る　一二〇
数へ日や　一三五
語り合ふ　一〇四
門松や　一三九
かなしめる　一〇九
かみしめる　一六五
元日の　一一五
寒紅を　一一六
祇園会の　一二五
菊日和　六〇
黍畑　八〇
君がゐて　六〇
君もまた　二五
けふからの　一二九
教室に　二五
今日の日も　一四七
銀杏落つ　一五六
句会には　九四
朽ちてなほ　一四六
句碑献灯　一三六
渓谷の　四八
月光に　一二八
月光の　二七
元気勇気　八〇
献上の　一五八
原点に　八二
原爆忌　二四
恋仇　五一
香水の　一四七
紅梅や　三八
越えゆくは　一六三
極月の　三一
極月や
——子らの顔のみ　三〇
——一つ買ひ足す　一六二
ここからが　一三三
こころまで　五五
去年今年　一三
こなごなに　八八
この国を　一〇五
この島に　九七
木の実落つ　一五九
この胸に　一一二

さ行

た行

たましひの　一一一
誰彼に　一〇六
ちちははに　七四
チューリップ　七〇
てふてふや　九六
月の名を　一五四
次の世の　一二七
次の世も　一二一
伝へおく　一一七
つぶ餡も　一五七
妻となり　七八
つゆくさや　一二
梅雨遍路　四七
梅雨もまた　二〇
ていねいに　一〇四
天高し　八五
冬天に　一三六
蟷螂の　八四
遠花火　二三
年の瀬の　三二
弔ひて　五九
友の肩　一二〇
とりあへず　一五五
とりどりの　二九
どれほどの　三二

な行

地震のあと　一七
泣かされて　六二
泣き方を　八七
なじまない　二六
夏服の　一〇一
七転び　一一七
なにげない　一八
何事も　八二
なにもかも　八九
七日粥　一七〇
二月尽　三九
日本語と　七〇
入学の
——子らそれぞれの　九八
——子らのまなざし　一九
人間に　一〇三
ぬくめ酒　八六
願ひごと　四五

は行

白牡丹　一六八
葉桜や　一六七
はたた神　七八
初茜　三五
初稽古　九三
初しぐれ　八七
初雀　一三九
初蟬や　一四六
初日の出　一三
初雪の　九〇

初雪や　六三
花衣
――誰に見せたき　一八
――脱ぐや　七一
花菖蒲　七四
花万朶　一七一
花芙蓉
――変はらぬものは　一三〇
――そのひとことを　五九
妣の香の　一六六
母の日の　一二四
母をらぬ　一六九
薔薇園に　一四四
春浅き　四〇
春惜しむ　四四
春の月　一四一
万緑や　一二三
雛の眼　四〇
引き算の　一五三
抽斗の　一四九
ひとつ捨て　五七
人の世も　七三
ひとびとに　四三
ひとひらの　三七
一人きり　二七
雛飾る　一六七
日向ぼこ　一〇九
雛のかほ　一一九
緋牡丹の　四四
日焼けした　四九
昼寝覚　一〇一
昼の月　八三
ふいに握手　一六三
プールより　四八
蕗のたう　六八
冬うらら　六一
冬木の芽　八八
冬薔薇
――風に吹かれ　一六四
――ときの扉の　三六
冬隣　八六
冬に入る　一三三
冬の日を　三七
冬薔薇の　一五
フラメンコシューズ　一二二
ふるさとは　九九
螢に　四六
ほうたるの　四六
螢の　二一
ほうたるや　七六
螢や　一〇〇
補習終へ　一六
榾の火の　八九
ほんたうは　一七二
本堂の　一五六

ま行

前髪に　九三
街角に　一五〇
曼珠沙華
　——大河東へ　一五五
　——夢に一人の　五三
三日月の　五八
水鳥や　八一
道草を　六七
みどりの日　一四三
みなづきの　七七
身の裡に　一五九
巳之助と　一三四
巳之助の　一三四
胸さわぎ　五〇
名月や　五八
目かくしの　三一
もの思ふ　一六
桃の花　九五

や行

山桜
　——こころあづけて　四一
　——汝も巡礼　七三
山笑ふ
　——食べて眠つて　一四三
　——妣の紬の　一七一
ゆふざくら　四二
雪うさぎ　六四
柚子湯して　一七二
予感てふ　五〇
夜桜や　七二
読始　三五
夜の蟬　一五一
夜はこの　一四五

ら行

ラムネ瓶　一四八
立春や　九四
立冬や　一三三
流燈の　七九
六月の　七六
論文の　一一五

わ行

我が心　八二
若葉萌ゆ　四五
和顔施の　一四〇
忘るなと　五四
忘れゆく　一二三
綿虫や　九〇
笑ふこと　九五
吾亦紅　八五

季語索引（五十音順）

（　）内は季を示す

あ行

青葉風〔あおばかぜ〕（夏）
子ら誦す枕草子青葉風　一二二
秋〔あき〕（秋）
けふからの俳句人生伊予は秋　一二九
秋袷〔あきあわせ〕（秋）
秋袷ちひさくなりし手を握る　一五二
秋麗〔あきうらら〕（秋）
一枚の絵に会ひにゆく秋うらら　一三一
献上の阿波の麁服秋うらら　一五八
秋桜〔あきざくら〕（秋）
秋桜やさしき男街に増え　五四
秋の雨〔あきのあめ〕（秋）
こころまで打たせてをりぬ秋の雨　五五
秋の蟬〔あきのせみ〕（秋）
忘るなと我忘るなと秋の蟬　五四
次の世の約束をせむ秋の蟬　一一七
秋深し〔あきふかし〕（秋）
深秋の夏井いつきと中学生　一三二
秋遍路〔あきへんろ〕（秋）
秋へんろ過去も未来も連れてゆく　五七
ひとつ捨て一つあきらめ秋遍路　五七
風に問ひ行く雲に問ひ秋遍路　一三〇
通草〔あけび〕（秋）
教室に通草を知らぬ子らつどふ　二五
朝顔〔あさがお〕（秋）
朝顔の咲き継ぐやうに生きてゆく　五三
朝顔の鉢分校の子らの数　一四九
紫陽花・四葩〔あじさい・よひら〕（夏）
あぢさゐの色づくまでの静けさよ　四七
朽ちてなほ四葩おのれの色をもち　一四六
阿波踊〔あわおどり〕（秋）
阿波踊終りし夜の風のいろ　一二七

街角に一陣の風阿波踊　一五〇

杏〔あんず〕（夏）
退職の友より手紙あんずジャム　一〇〇

十六夜〔いざよい〕（秋）
十六夜のフラメンコ舞ふ男かな　一〇七

銀杏の実・銀杏〔いちょうのみ・ぎんなん〕（秋）
銀杏の実ここに現在過去未来　一〇五
銀杏落つ今日から明日へまた明日へ　一五六

囲炉裏〔いろり〕（冬）
なにもかも許されてゆく囲炉裏かな　八九

鰯雲〔いわしぐも〕（秋）
原点に戻るときなり鰯雲　八三
鰯雲少年少女反抗期　一〇八
とりあへず今できること鰯雲　一五五

梅〔うめ〕（春）
紅梅や蘂まで紅の一途さと　三八
梅真白あなたがそばにゐるやうな　一七〇

炎昼〔えんちゅう〕（夏）
炎昼の三月書房たどり着き　一二六

落椿〔おちつばき〕（春）
落椿サンタマリアの足元に　一四一

落葉〔おちば〕（冬）
落葉踏む少女はひとり吾もひとり　六二
落葉焚く我が胸の火を熾さむと　一六一

踊〔おどり〕（秋）
おとなびた瞳をして踊る阿波の夜　五二

朧月〔おぼろづき〕（春）
大喧嘩したる思ひ出月おぼろ　一六六

か行

案山子〔かかし〕（秋）
人間になりたくはない案山子かな　一〇三

風花〔かざはな〕（冬）
ひとひらの風花となり消えたき日　三七
前髪に風花のせて登校す　九三
風花や姉弟二人となりし朝　一六五

風邪〔かぜ〕（冬）
風邪の子のまなざしふはり受けとめて　三〇

風薫る〔かぜかおる〕（夏）
風薫る寂聴さんの誕生日　一四四
風光る〔かぜひかる〕（春）
風光る島に一人の赤ん坊　一二〇
数へ日〔かぞえび〕（冬）
数へ日や職員室の二十二時　一三五
蝸牛〔かたつむり・ででむし〕（夏）
渓谷のでで虫人の上を行き　四八
門松〔かどまつ〕（新年）
門松や南の島の船着き場　一三九
鉦叩〔かねたたき〕（秋）
生くること生かさるること鉦叩　一〇六
枯葉〔かれは〕（冬）
こなごなに枯葉わたくし壊すごと　八八
元日〔がんじつ〕（新年）
元日のだるま朝日に笑ひけり　一一五
寒椿〔かんつばき〕（冬）
かみしめるお骨一片寒椿　一六五
寒紅〔かんべに〕（冬）
寒紅をひきいざ仮面舞踏会　一一六
祇園会〔ぎおんえ〕（夏）
祇園会の始まる京にゐて一人　一二五
菊日和〔きくびより〕（秋）
菊日和けふは喧嘩をせぬやうに　六〇
衣被〔きぬかつぎ〕（秋）
君がゐてそれでよしとす衣被　六〇
黍〔きび〕（秋）
黍畑平和を当たり前と生き　八〇
桐の花〔きりのはな〕（夏）
願ひごとなきは幸せ桐の花　四五
桐一葉〔きりひとは〕（秋）
いささかの悔いも残さず桐一葉　一〇八
葛の花〔くずのはな〕（秋）
思ひ出を捨つる旅なり葛の花　五五
毛糸編む〔けいとあむ〕（冬）
淋しいと言はぬあなたに毛糸編む　一一〇
今朝の秋〔けさのあき〕（秋）
抽斗の奥の指輪や今朝の秋　一四九

原爆忌〔げんばくき〕（夏・秋）
原爆忌あらためて見る地図アジア　二四
それぞれの半世紀なり原爆忌　二四
いくたびの平和宣言原爆忌　五二
明日へ明日へつなぐ思ひや原爆忌　一二六
香水〔こうすい〕（夏）
香水の一瓶母の青春よ　一四七
去年今年〔こぞことし〕（新年）
去年今年風の真中に我は立つ　一三
木の実落つ〔このみおつ〕（秋）
木の実落つ五時間目なる憂鬱　一五九
小春〔こはる〕（冬）
一人きりちよつとくやしい小春かな　二七
巳之助の頭華やぐ小春かな　一三四
幼子の笑顔のごとき小春かな　一六一
更衣〔ころもがえ〕（夏）
衣更へて学舎どこも光満つ　二一
衣更へて三つ編似合ふ少女なる　二三

さ行

左義長〔さぎちょう〕（新年）
左義長の火の色明けの空の色　一四
桜〔さくら〕（春）
さくらさくら思ひ出たづねる坂道に　一七
地震のあと桜の行方思ひけり　一七
ゆふざくらわれにやさしきひかりかな　四二
桜散る心ほどいていくやうに　四三
空のあを雪割桜海の蒼　七一
夜桜や悪女になれるやも知れぬ　七二
人の世も亡き人の世も桜かな　七三
山茶花〔さざんか〕（冬）
山茶花や問はれて答へられぬまま　二九
寂庵の白山茶花よ寂石よ　一六〇
爽やか〔さわやか〕（秋）
爽やかや子らの返事もまなざしも　一五一
麁服の織り女七人爽やかに　一五八

秋刀魚〔さんま〕（秋）
何事もなかつたやうに秋刀魚焼く　八二
時雨〔しぐれ〕（冬）
しぐるるやボレロの中に眠り落つ　二八
初しぐれ胸の振子を確かむる　八七
かなしめるものねむらせてしぐれけり　一〇九
注連飾る〔しめかざる〕（冬）
注連飾る弟の背の広々と　六四
紫木蓮〔しもくれん〕（春）
紫木蓮かなしきことは空に告げ　九六
秋光〔しゅうこう〕（秋）
秋光やゆだねて髪もくちびるも　五六
十三夜〔じゅうさんや〕（秋）
なじまない口紅の色十三夜　二六
赤い靴はいて踊らう十三夜　一三一
つぶ餡もこし餡もよし十三夜　一五七
秋思〔しゅうし〕（秋）
十五には十五の秋思楡木蔭　一五四
鞦韆〔しゅうせん・ぶらんこ〕（春）
鞦韆や夢に追ひつくところまで　六九
終戦記念日〔しゅうせんきねんび〕（秋）
生きるといふこと八月十五日　一五〇
十二月〔じゅうにがつ〕（冬）
戦死せし祖父の筆跡十二月　一六四
秋霖〔しゅうりん〕（秋）
秋霖や戦争語る寂聴さん　一二九
秋霖や庭園の石いきいきと　一五三
修二会〔しゅにえ〕（春）
阿波の竹回廊走る修二会かな　四一
師走・極月〔しわす・ごくげつ〕（冬）
吾のために柘植の櫛買ふ師走かな　一一一
極月や子らの顔のみ輝きて　三〇
極月の黒板きりり拭かれけり　三一
極月や一つ買ひ足す江戸切子　一六二
新樹光〔しんじゅこう〕（夏）
新樹光浴びて柩の送らるる　九九
新米〔しんまい〕（秋）
新米や足るといふことありがたく　一〇三

水中花〔すいちゅうか〕（夏）
予感てふ厄介なもの水中花　五〇
涼し〔すずし〕（夏）
思ひきり泣いてしまへば涼しかり　七七
聖夜〔せいや〕（冬）
どれほどの言葉聖夜に隠されて　三二
節分〔せつぶん〕（冬）
節分や鬼かくまふか追ひ出すか　三八
蟬〔せみ〕（夏）
所詮ひとり蟬時雨など浴びてゐる　五一
一山の祈りとなりし蟬時雨　一〇二
初蟬や朝餉支度の手をとめて　一四六
今日の日も生きよ生きよと朝の蟬　一四七
夜の蟬ここにわたしがゐたことを　一五一
ソーダ水〔そーだすい〕（夏）
その胸の奥には触れずソーダ水　二三
卒業〔そつぎょう〕（春）
今どきの子らといへども卒業歌　六九
友の肩ポンとたたいて卒業す　一二〇
蕎麦の花〔そばのはな〕（秋）
ていねいに暮らしてゆかむ蕎麦の花　一〇四

た行

竹の春〔たけのはる〕（秋）
仙人の妻になりたし竹の春　八四
ダチュラ〔だちゅら〕（夏）
いにしへの恋のかたみのダチュラかな　五六
種採〔たねとり〕（秋）
種採るや祖父母ちちはは見送りて　一五七
田水張る〔たみずはる〕（夏）
ふるさとは村から町へ田水張る　九九
チューリップ〔ちゅーりっぷ〕（春）
チューリップちゆうりつぷ笑ひ疲れけり　七〇
蝶〔ちょう〕（春）
てふてふや小さくはなきその世界　九六
月〔つき〕（秋）
思ひきりアクセル踏んで月の前　二六
月光の学舎足音高くゆく　二七

三日月のかりんととがつて知らん顔　五八
昼の月ここにわたしはゐるけれど　八三
月光に許されてゐる今日のこと　一二八
月の名を子らに教へる五時間目　一五四

椿〔つばき〕（春）
色街を抜けたる寺の椿かな　三九

燕の子〔つばめのこ〕（夏）
こんなにも無心になれる燕の子　七五

梅雨〔つゆ〕（夏）
梅雨もまた吾にやさしと思ふとき　二〇

露草・蛍草〔つゆくさ・ほたるぐさ〕（秋）
つゆくさやサファイア色のおとしもの　二二
夜はこの庭を舞ふらむ蛍草　一四五

梅雨遍路〔つゆへんろ〕（夏）
梅雨遍路ひとりの時を愛すべし　四七

石蕗の花〔つわのはな〕（冬）
一隅を照らす異国の石蕗の花　一六二

天高し〔てんたかし〕（秋）
天高しお大師さまの飛白文字　八五
ここからが勝負よ阿波の天高し　一三二
本堂の木の香風の香天高し　一五六

蟷螂〔とうろう〕（秋）
蟷螂の斧かなしみを斬るために　八四

心太〔ところてん〕（夏）
その昔父も恋せり心太　四九

年の瀬〔としのせ〕（冬）
年の瀬の街に逢ふ子の大人びて　三二

鳥帰る〔とりかえる〕（春）
日本語といふ宝物鳥帰る　七〇

な行

夏燕〔なつつばめ〕（夏）
しよぼくれた男の前を夏燕　七五

夏服・白シャツ〔なつふく・しろしゃつ〕（夏）
夏服の子ら一心に墨をすり　一〇一
白シャツの少年ぶつきらぼうに朝　一二五

夏料理〔なつりょうり〕（夏）
ざくざくと海の男の夏料理　七九

七日粥〔なぬかがゆ〕（新年）
七日粥ふたり暮らしにはや慣れて　一七〇
二月尽〔にがつじん〕（春）
二月尽ひとりジャズなど聴いてゐる　三九
入学〔にゅうがく〕（春）
入学の子らのまなざしまつすぐと　一九
入学の子らのそれぞれの光もち　九八
温め酒〔ぬくめざけ〕（秋）
ぬくめ酒夢のしつぽの残りたる　八六
野分〔のわき〕（秋）
この国を大きく変へてゆけ野分　一〇五

は行

萩〔はぎ〕（秋）
語り合ふこれからのこと萩の寺　一〇四
葉桜〔はざくら〕（夏）
葉桜や地に足つけて顔あげて　一六七
はたた神〔はたたがみ〕（夏）
はたた神阿波女にはかなふまい　七八
初茜〔はつあかね〕（新年）
初茜空海天地人のこゑ　三五
初稽古〔はつげいこ〕（新年）
初稽古叱らるることありがたく　九三
初雀〔はつすずめ〕（新年）
初雀この世たちまち輝きぬ　一三九
初日の出〔はつひので〕（新年）
初日の出雲にあづけるまでの刻　一三
初雪〔はつゆき〕（冬）
初雪や街は昔のいろとなり　六三
初雪の町に翼をたたみけり　九〇
花〔はな〕（春）
佇めば花の精ともなりたまふ　四二
ひとびとに花降る女人高野かな　四三
花万朶ひとりで歩くお堀端　一七一
花衣〔はなごろも〕（春）
花衣誰に見せたきこともなく　一八
花衣脱ぐや一教師となりぬ　七一

花菖蒲〔はなしょうぶ〕（夏）
花菖蒲よあけのいろをまとひけり　七四
花野〔はなの〕（秋）
君もまた花野をわたる風のごと　二五
弔ひて花野の風に吹かれけり　五九
花の雨〔はなのあめ〕（春）
ちちははに優しくなれず花の雨　七四
ほんたうは大好きでした花の雨　一七二
花火〔はなび〕（夏）
遠花火こころ離れてゆくときに　二三
恋仇ゐるかも知れず大花火　五一
思ひ出のときに鮮やか遠花火　一四八
花芙蓉〔はなふよう〕（秋）
花芙蓉そのひとことを悔ゆるなり　五九
花芙蓉変はらぬものはこの胸に　一三〇
母の日〔はははのひ〕（夏）
母の日の母のつぶやき拾ひゆく　一二四
母をらぬ母の日妣の着物着て　一六九
薔薇〔ばら〕（夏）
薔薇園に人それぞれの一時間　一四四
いつさいの未練ふりきり薔薇崩る　一四五
春〔はる〕（春）
なにげない言葉に慰めらるる春　一八
牛の瞳の優しきことよ島の春　一四二
春浅し〔はるあさし〕（春）
春浅き廊下少女は足早に　四〇
妣の香の枕眠れぬ浅き春　一六六
春一番〔はるいちばん〕（春）
七転び八起きよやがて春一番　一一七
春惜しむ〔はるおしむ〕（春）
春惜しむ図書室の窓開け放ち　四四
春障子〔はるしょうじ〕（春）
笑ふこと母に増えたり春障子　九五
春の雨〔はるのあめ〕（春）
もの思ふ刻ふくらみて春の雨　一六
春の月〔はるのつき〕（春）
母娘ゆゑわからぬことも春の月　一九
春の月笑ひ話になる日まで　一四一

春の星〔はるのほし〕（春）
和顔施の一生を仕舞ふ春の星　一四〇
春の雪〔はるのゆき〕（春）
句会には歩いてゆかむ春の雪　九四
伝へおくことのあれこれ春の雪　一一七
春疾風〔はるはやて〕（春）
辞令てふ一枚の紙春疾風　一四〇
万緑〔ばんりょく〕（夏）
万緑や長生きせよと母の言ふ　一二三
日脚伸ぶ〔ひあしのぶ〕（冬）
補習終へたる子らの横顔日脚伸ぶ　一六
雛〔ひな・ひいな〕（春）
雛の眼涙こぼせるものならば　四〇
いにしへの男持ちたる雛かな　一一八
その雛次郎左衛門雛といひ　一一九
雛のかほそつと包みし阿波の和紙　一一九
雛飾る母遠き日の風のなか　一六七
日向ぼこ〔ひなたぼこ〕（冬）
日向ぼこ心ひとつを暖めぬ　一〇九
日焼〔ひやけ〕（夏）
日焼けした腕君だけのトロフィーに　四九
昼寝〔ひるね〕（夏）
昼寝覚夢のひとつを連れ帰る　一〇一
プール〔ぷーる〕（夏）
プールより歓声のぼりきて真昼　四八
蕗のたう〔ふきのとう〕（春）
蕗のたう空はこんなにあをきもの　六八
冬青空〔ふゆあおぞら〕（冬）
音もなき冬青空に背を正す　一四
冬うらら〔ふゆうらら〕（冬）
冬うらら一人も捨てたもんぢやない　六一
冬木〔ふゆき〕（冬）
冬木の芽われにも明日を約束す　八八
冬すみれ〔ふゆすみれ〕（冬）
いつだつて笑つてゐよう冬すみれ　一六九
冬薔薇〔ふゆそうび・ふゆばら〕（冬）
とりどりのボタンのごとし冬薔薇　二九
冬薔薇ときの扉の開くごと　三六

老ゆることそれも楽しき冬薔薇　一一六
冬薔薇風に吹かれつつ生きる　一六四
冬薔薇のいさぎよきまま手折らるる　一五
冬隣〔ふゆどなり〕（秋）
冬隣けふ一日を素顔にて　八六
冬の空〔ふゆのそら〕（冬）
冬天に踏み出し扉ひらく音　一三六
冬の蝶〔ふゆのちょう〕（冬）
越えゆくは鳴門海峡冬の蝶　一六三
冬の月〔ふゆのつき〕（冬）
たましひの透きとほりゆく冬の月　一一一
冬の虹〔ふゆのにじ〕（冬）
旅立ちの朝たしかに冬の虹　一三五
冬の日〔ふゆのひ〕（冬）
冬の日を斜めに受けて採点す　三七
冬の光〔ふゆのひかり〕（冬）
少女らは冬の光に語らひて　一一〇
金剛杖冬の光の片隅に　一一二
冬の星〔ふゆのほし〕（冬）
ふいに握手師のまなざしと凍星と　一六三
冬満月〔ふゆまんげつ〕（冬）
句碑献灯冬満月も祝ひけり　一三六
冬紅葉〔ふゆもみじ〕（冬）
これからの別れを思ふ冬紅葉　二八
泣かされてなほ君愛す冬紅葉　六二
泣き方を教へてもらふ冬紅葉　八七
巳之助といふ人形師冬もみぢ　一三四
寂聴さん敬舟さんに冬紅葉　一六〇
ポインセチア〔ぽいんせちあ〕（冬）
この胸にポインセチアの緋を刻む　一一二
朴の花〔ほおのはな〕（夏）
忘れゆくことの幸せ朴の花　一二三
榾〔ほた〕（冬）
榾の火のこゑ遺言と聴きにけり　八九
螢〔ほたる・ほうたる〕（夏）
螢の噂を聞きて眠りけり　二一
ほうたるの夢の奥までふぶきけり　四六
螢に呼ばれて来たる人ばかり　四六

ほうたるや哀しきことは捨つるほど　七六
螢や一期一会を重ねつつ　一〇〇
牡丹〔ぼたん〕（夏）
緋牡丹のまつすぐ我を見てをりぬ　四四
白牡丹われ妣と佇つこの朝　一六八
牡丹桜〔ぼたんざくら〕（春）
巡礼にまぶしき牡丹桜かな　七二
盆の月〔ぼんのつき〕（秋）
生きてゐるそれだけでよし盆の月　一〇二

ま行

祭〔まつり〕（夏）
胸さわぎ祭囃子に閉ぢこめて　五〇
豆の花〔まめのはな〕（春）
この島に生きし歳月豆の花　九七
曼珠沙華〔まんじゅしゃげ〕（秋）
曼珠沙華夢に一人の僧と会ひ　五三
曼珠沙華大河東へ東へと　一五五
水澄む〔みずすむ〕（秋）
引き算の暮らしに慣れて水澄めり　一五三
水鳥〔みずどり〕（冬）
水鳥や逆らはずまた流されず　八一
水温む〔みずぬるむ〕（春）
鉛筆のやはらかき文字水温む　一一八
三日〔みっか〕（新年）
教へ子に囲まれてゐる三日かな　六七
論文の仕上げにかかる三日かな　一一五
みどりの日〔みどりのひ〕（春）
みどりの日ねむりて吾を取り戻す　四三
水無月〔みなづき〕（夏）
阿波鳴門青水無月の俳句会　二〇
みなづきの阿修羅に呼ばれきたる旅　七七
南風〔みなみ・みなみかぜ〕（夏）
戦せぬこの国のこと大南風　一二四
麦の秋〔むぎのあき〕（夏）
教へ子の明るき知らせ麦の秋　一一一
虫〔むし〕（秋）
粛粛と今日が始まる虫のこゑ　一五二

名月・十五夜〔めいげつ・じゅうごや〕（秋）
名月や人はかなしみ抱きしめて　五八
一瞬の名月生きるといふことは　八一
十五夜の母眠らせて庭に佇つ　一二八
桃の花〔もものはな〕（春）
桃の花阿波の言葉のやはらかき　九五

や行

厄日〔やくび〕（秋）
元気勇気子らよりもらふ厄日かな　八〇
山桜〔やまざくら〕（春）
山桜こころあづけてゆけと言ふ　四一
山桜汝も巡礼かも知れぬ　七三
次の世も戦なき国山桜　一二一
帰る家待つ人のあり山桜　一四二
山笑ふ〔やまわらう〕（春）
子らの声子らの足音山笑ふ　九七
だいぢやうぶ大丈夫だよ山笑ふ　九八
山笑ふ食べて眠つて働いて　一四三
山笑ふ妣の紬のやはらかく　一七一
浴衣〔ゆかた〕（夏）
妻となり母となりゆく藍浴衣　七八
雪〔ゆき〕（冬）
目かくしの手の冷たさよ小雪舞ふ　三一
美しき言の葉ひらふ雪の夜　三六
この胸の根雪となりし人のこと　六三
雪うさぎ昨日の私おいていく　六四
さみしき瞳誰かと同じ雪だるま　六八
雪催〔ゆきもよい〕（冬）
道草をして帰らうか雪催　六七
柚子湯〔ゆずゆ〕（冬）
柚子湯して妣と語りし日々のこと　一七二
余寒〔よかん〕（春）
えんぴつを持つ手に残る寒さかな　一五
夜長〔よなが〕（秋）
一冊の本もてあます夜長かな　六一
思ひ出をそつと取り出す夜長かな　一〇七

読始〔よみはじめ〕（新年）
読始瀬戸内源氏と決めにけり　三五

ら行

ラムネ〔らむね〕（夏）
ラムネ瓶透かせば遠き日の光　一四八
立夏〔りっか〕（夏）
フラメンコシューズ買い換へ夏に入る　一二二
寂しさをしかと抱きしめ夏に入る　一六八
立春〔りっしゅん〕（春）
立春や鉛筆の芯やはらかく　九四
立冬〔りっとう〕（冬）
冬に入る古書街だれも振り向かず　一三三
立冬や母に購ふ木の器　一三三
身の裡に小石が一つ冬に入る　一五九
流燈〔りゅうとう〕（秋）
流燈の岸を離れず我も離れず　七九
良夜〔りょうや〕（秋）
我が心我のものなる良夜かな　八二
誰彼に優しさ貰ふ良夜かな　一〇六
六月〔ろくがつ〕（夏）
六月の喜怒哀楽やメロンパン　七六

わ行

若葉〔わかば〕（夏）
若葉萌ゆ天狗になつてをるまいか　四五
綿虫〔わたむし〕（冬）
綿虫や今ここにゐぬ人のこと　九〇
吾亦紅〔われもこう〕（秋）
吾亦紅つぶやきはみな風となり　八五

藤岡値衣（ふじおか　ちえ）

略　歴

一九六〇年三月十二日　徳島県徳島市に生まれる。
一九八二年　三月　徳島大学教育学部卒業。
　　　　　　　　　四月より、国公立学校の教員として勤める。
二〇〇一年　十月　全日本中学校国語教育研究協議会（徳島大会）の公開授業で、団体戦の句会を行う。以後、中学校の国語科授業における俳句創作指導がライフワークの一つとなる。
二〇〇四年　　　　勤務校徳島市川内中学校が毎日俳句大賞学校奨励賞を受賞。
二〇二〇年　三月　定年退職。
　　　　　　　　　四月より、徳島県再任用教員として中学校に勤める。
二〇二二年　十月　「瀬戸内寂聴記念会」に入会。瀬戸内寂聴作品の顕彰に取り組む。

俳　歴

一九九一年　五月　「藍生」入会
二〇一五年十一月　「藍生新人賞」受賞
二〇一六年　二月　「第十三回とくしま文学賞」（俳句部門）優秀賞を受賞
二〇一八年　一月　「いぶき」入会

現在　「藍生」会員
「いぶき」会員
公益社団法人俳人協会会員

住所　〒七七〇－〇八一三
徳島県徳島市中常三島町三丁目三－三

石炭袋

句集　冬の光

2023年3月12日初版発行
著　者　藤岡値衣
編　集　鈴木比佐雄・鈴木光影
発行者　鈴木比佐雄
発行所　株式会社コールサック社
〒173-0004 東京都板橋区板橋 2-63-4-209
電話 03-5944-3258　FAX03-5944-3238
suzuki@coal-sack.com　http://www.coal-sack.com
郵便振替 00180-4-741802
印刷管理　（株）コールサック社　制作部

装幀　松本菜央

落丁本・乱丁本はお取り替えいたします。
ISBN978-4-86435-556-8　C0092　¥2000E